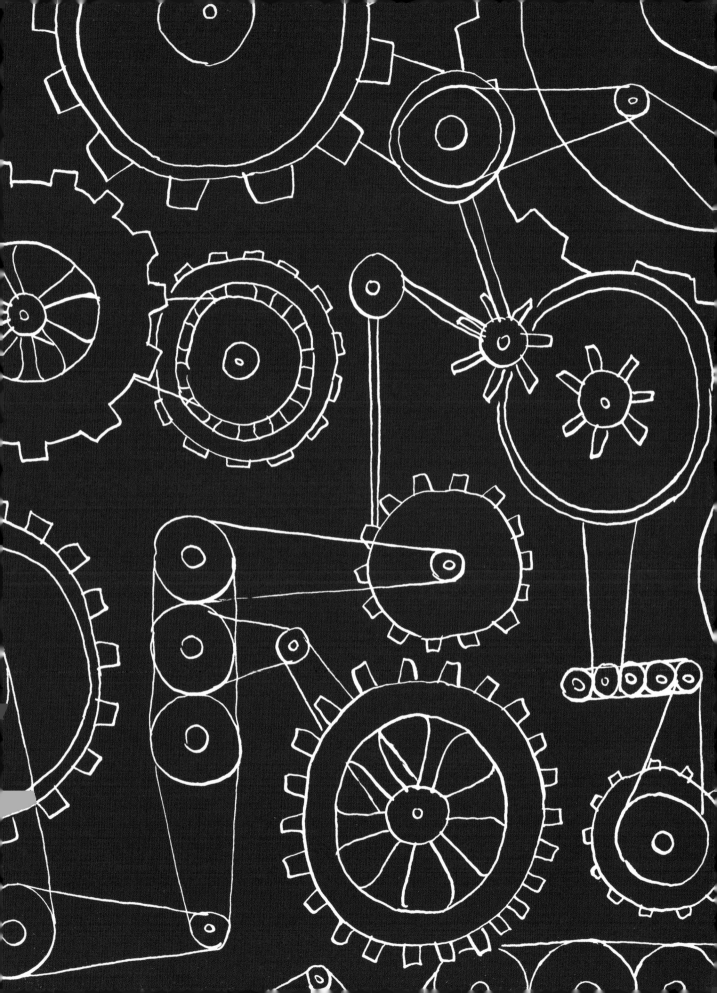

Pour Jean-Yves et sa machine

ISBN 978-2-211-22008-8

© 2015, l'école des loisirs, Paris, pour la présente édition
dans la collection « Kilimax »
© 2013, l'école des loisirs, Paris
Loi numéro 49 956 du 16 juillet 1949 sur les publications
destinées à la jeunesse : octobre 2013
Dépôt légal : février 2015
Imprimé en France par Pollina à Luçon - L70413

Édition spéciale non commercialisée en librairie

Dorothée de Monfreid

la machine
de Michel

l'école des loisirs

11, rue de Sèvres, Paris 6e

Voici Michel.

Un matin, il reçoit une lettre :
« Cher Michel, pour mon anniversaire,
j'organise une grande fête. Je t'invite à la maison
samedi 3 mai dès la tombée de la nuit. »
Et c'est signé : Alice.

Marcus et Darius aussi sont invités.
« Je vais lui offrir un gâteau, un énorme gâteau au chocolat
avec des étoiles en sucre dessus », dit Marcus.
« Et moi, je vais lui offrir des bottes », ajoute Darius,
« des bottes rouges qui courent plus vite qu'une fusée. »

« Hum, je me demande ce qui lui ferait vraiment plaisir, à Alice », répond Michel.

Il réfléchit.

« Je sais, je vais lui fabriquer une machine à fêter les anniversaires.
Ce sera une machine incroyable, éblouissante, une machine
comme personne n'en a encore jamais vu. »

Marcus et Darius rigolent : « On a hâte de voir ça ! »

Michel se met au travail.
Il fait des tas de dessins,
de plans, de calculs.

Il rassemble
du matériel.

Il scie, il visse, il soude.
Lorsque ses copains viennent le voir, il leur dit :
« Je ne suis pas encore prêt, revenez plus tard. »

Et puis un jour, ça y est, la machine est là.
Michel convoque ses amis pour une démonstration.
Marcus et Darius accourent.

« Regardez », dit Michel.

Et il commence à tourner la manivelle.

TCHAKAPOUM BOUM BOUM POP ! fait la machine.

« Alors ? » demande Michel.

« Eh bien… ça ressemble à une grosse boîte à musique », dit Marcus.

« C'est pas mal », dit Darius, « mais si tu dois tourner la manivelle sans arrêt, tu ne pourras pas danser avec Alice. »

« Moi je pense qu'elle préfère avoir un gâteau au chocolat pour son anniversaire », dit Marcus.

« Ou alors des bottes rouges », ajoute Darius.

Michel est très embêté.
Comment résoudre
ce problème de manivelle ?

Il se remet à l'ouvrage, découpe, assemble, bricole.
Quelques jours plus tard, la machine numéro 2 est terminée.
Les amis sont curieux de la voir fonctionner.

Michel éteint la lumière
et appuie sur la manette.
Une ampoule s'éclaire, puis deux, puis trois...
TCHAKAPOUM BOUM BOUM POP !
Au bout d'un moment, la machine entière
chante et clignote.

« Alors ? » demande Michel.

« Eh bien… on dirait une énorme radio », dit Darius.

« Ça a l'air super-lourd », ajoute Marcus. « À mon avis,
c'est même trop gros pour entrer dans la maison d'Alice.
Comment tu vas la déplacer, ta machine ? »

Michel est catastrophé.
« C'est vrai, ça, je n'y avais pas pensé.
Ma machine est intransportable. »

Il recommence à bricoler sans s'arrêter,
sans manger ni dormir.
Il démonte certaines parties.
Il ajoute des charnières et des pistons.
Ouf, c'est presque fini.

Marcus et Darius frappent à la porte.

« Michel, tu es prêt ? C'est l'heure, on part chez Alice. »

« Ah, vous voilà », répond Michel. « Je vous présente
la machine à fêter les anniversaires. »

Et il appuie sur le bouton de démarrage.
La machine se met à vibrer, d'abord doucement,
puis de plus en plus fort. TCHAKAPOUM BOUM BOUM POP !
Ça clignote de partout.
« Vous avez vu ? Ma machine est posée sur un coussin d'air.
Comme ça, je peux la déplacer sans effort. »

« Mouais, ça vole vaguement, mais c'est pas avec ça que tu vas emmener Alice sur la Lune », dit Marcus.

« Ça ne chante pas *Joyeux Anniversaire* ? » demande Darius.

« Ce n'est pas une vraie machine à fêter les anniversaires, alors. »

« De toute façon, un gâteau avec des étoiles dessus, c'est beaucoup plus chic, comme cadeau », dit Marcus.

« Ou alors des bottes rouges », ajoute Darius.

Michel est effondré.
« Comment ai-je pu être aussi bête ?
Mon invention ne vaut rien.
Et je n'ai plus du tout envie d'aller à cette fête. »
Il jette sa machine dehors et rentre se coucher.

Il s'endort.
Il rêve qu'il est lui-même devenu une machine
et qu'il mange ses outils.
Jusqu'au moment où il se réveille en sursaut.

Dehors, il y a beaucoup de bruit.
Michel sort dans le jardin.
La machine numéro 3 est là.
Elle clignote, joue de la musique et flotte à quelques centimètres du sol.
Mais surtout, il y a une fille dessus. C'est Alice.
Elle danse au rythme des tchakapoums.

TCHAKAPOUM BOUM BOUM POP
TCHAKAPOUM BOUM BOUM POP
TCHAKA POP
BOUM BOUM POP

« Michel ! » s'écrie Alice, « on m'a dit que tu ne voulais plus venir à ma fête, alors je suis passée te chercher. Dis donc, elle est extra, ta machine. »

« Merci », dit Michel.
« Je l'ai fabriquée pour toi. »
Et il grimpe pour la rejoindre.

Ils dansent tous les deux un long moment.
Et quand Alice se penche pour déposer un baiser
dans le cou de Michel, elle chuchote :
« J'ai deviné à quoi elle sert, ta machine.
C'est une machine à embrasser les garçons. »